전유안(한라초 6학년)

레고블럭 만들기,
마인크래프트와
시티즈게임을 좋아하는
초등 6학년입니다.
추억으로 남기기 위해
글을 썼습니다.

유 안 이 의
첫 글쓰기

초등 6학년

유안이의 첫 글쓰기

발　행 | 2023년 7월 31일
저　자 | 전 유 안
펴낸이 | 한건희
펴낸곳 | 주식회사 부크크
출판사등록 | 2014.07.15.(제2014-16호)
주　소 | 서울특별시 금천구 가산디지털1로 119 SK트윈타워 A동 305호
전　화 | 1670-8316
이메일 | info@bookk.co.kr

ISBN | 979-11-410-3784-0

www.bookk.co.kr

초등 6학년

유안이의
첫 글쓰기

전 유 안 지음

책머리에

첫눈이 소복소복 내리는 날. 유안이를 만나
게 되었습니다.

초등학교 6학년인 남학생 유안이는 어떤 아이일까?

하얀 눈처럼 순수한 유안이는 기분이 좋아 폴짝폴짝
뛰었습니다.

그렇게 웃으면서 만나 글쓰기를 시작했습니다.

글쓰기 하는 과정에서 유안이는 과학에 관심이 많다
는 것을 알게 되었습니다. 특히 핵에너지, 전기, 도시
건설 등 관심 분야는 전문가처럼 깊이 파고들어 스스
로 탐구하는 것을 즐깁니다.

자유롭게 상상하며 꿈을 키워가는 유안이. 말하기를
좋아하는 유안이의 글을 모아 책으로 냅니다.

고경희

CONTENT

책머리에 6

1차시

—

1차시

2022. 12. 21. 수요일.

날씨 : 비, 아침부터 오락가락.

수목원 작은 도서관에서 첫 만남

구름이 많고 회색이다. 어두컴컴했다. 오늘 아침에는 비가 왔다. 다행히 오늘은 엄마 차를 타고 와서 비를 하나도 안 맞아서 기분이 좋았다.

오늘은 특별한 날이다. 오늘은 가족들이랑 영화도 보고, 고경희 선생님도 처음 만났고, 학교 컴퓨터 수업을 듣는 마지막 날이다.

오늘은 고경희 선생님을 처음 만났다. 선생님은 나와 취향이 비슷한 것 같다. 선생님과 시티즈 스카이 라인에 대한 얘기를 했다.

나는 시티즈는 모드도 많고 추가 팩도 많다고 했다.

또 선생님은 학원 원장이라고 한다. 그리고 초등학생

부터 고등학생까지 가르친다고 한다. 선생님은 레고를 좋아한다고 했다. 그런데 테크닉은 많이 어렵다고 했다. 인터넷게임을 하고 싶지만 실력이 안 좋아서 못 한다고 했다. 또 전공은 국어라고 했다.

수목원 입구 작은 도서관에서 글쓰기를 하기로 했다. 열람실에 도착하니 어른 3분이 조용히 책을 읽고 있었다. 대화를 주고받으며 글쓰기를 하기엔 부적합하다고 판단되어 장소를 탐라도서관으로 옮겼다.

탐라도서관에 도착하자마자 배가 고파서 매점으로 직행했다. 매점에서 미니 다이제, 초코칩 쿠키를 야미야미 맛있게 먹고, 물도 마시고 어린이열람실에서 글쓰기를 시작했다. 어린이열람실 시간이 6시까지여서 문헌정보실이 있는 계단 위로 이동했다.

2022.12.21.수. 비, 아침부터 낙가락?

고정희 그리이 맑기 회색이다 어두컴컴했다.
오늘아침에 눈 비가 왔다. 다행인 오늘은 엄마 차를 타겨와서
비는 파나 눈 안맞아서 기분이 좋았다!

오늘 쭉 비 온다하다. 오늘은 가족들이랑 영화도 보고, 고정희 선생님도
처음만났고, 학교 컴퓨터 수업 듣는 마지막날이다.

오늘은 고정희 선생님을 처음 만났다. 선생님은 나와 취향이 비슷했었었다.
1. 선생님과 나이즈 스카에라인데 대다 메기 큰일했다.
2. 나는 너버스 눈모으로 맞고 축가 팩을 많이 샀었다.
또 선생님은 책을 편집이라고 한다. 그리고 좋은 학생들과 있고 고 존좀학생가가기
1. 쓰고 신 다고 한다. 선생님은 게임을 좋아한다고 한다 그런데
3. 테크닉도 안이 어려와고 해서다.
1. 내게 일을 도와주께만 온 컴퓨터 일그마 서 못한다고 했다.

딸긴길은 국어능상이 만흐얐다.

[2022.12.21.수요일]

2차시

2차시

2022. 12. 21. 수요일.
가장 좋아하는 게임 시티즈 스카이라인

탐라도서관 문헌 정보관에서 쌤을 만났다.
내가 가장 좋아하는 게임은 시티즈 스카이라인이다.
나는 이 게임을 유튜브에 별 고래라는 유튜버가 만든
도시가 정말 멋있어서 이 게임을 하게 되었다.

이 게임은 나만의 도시를 만든 게임인데 어떻게든 문
제를 해결하는 느낌이 좋고, 도시가 성장할 때마다
쾌감이 좋다. 그리고 공단 같은 것을 만들 때는 시간
이 빨리 간다. 이 게임은 재미있는 게임이라서 좋다.

게임의 장점은 모드가 많고 엄청 자유롭기 때문에 좋
고 단점은 모드가 서로 충돌할 때가 있고 물리엔진과
직업이 다양하고 경찰, 소방, 구급차 등 직업이 좀 더

현실과 가까웠으면 좋겠고 사고와 충돌하는 물리엔진이 있으면 좋겠다. 교통 또 도시를 만들면서 문제점이 있는데 그중 대표적인 게 교통체증이다. 교통체증이 되면 쓰레기처리, 시신운구, 병, 고객 부족, 인력 부족, 기타 등등이 있다.

쓰레기처리를 잘못하면 시민들이 화나서 도시를 나가 버린다. 시신운구를 제때 하지 않으면 빨간불이 들어오고 시민들의 도시를 나간다.

병원 치료 안 해주면 빨간불로 변했다가 시신운구로 바뀐다. 고객 부족, 인력 부족은 상업이나 산업에 있는 일인데 그러면 상가나 공장이 가게나 공장을 버리고 도시를 나간다.

시민들이 나가면 인구가 줄어드는데 인구가 줄어들면 벌어들이는 세금이 적어지고 재정이 악화 되어 파산하게 된다.

또 기념비적인 건물이 있는데 그중에는 에덴동산 프로젝트, 우주 엘리베이터, 융합에너지발전소, 의료센터 등이 있다. 에덴 프로젝트는 도시에 땅값과 오염물질 배출을 줄여 주며 우주 엘리베이터는 관광객이 증가 되고, 융합에너지 발전소는 전기를 1000W나 생산한다. 의료센터는 100명의 환자를 수용 가능하다.

니트로스 까　　　2022. 12. 21.

나 가 가장 좋아하는 놀거나 임인 니트로스카에 라인이다
나는 이 게임을 유튜브에 번개가 그는 니트 버가 만든 돼서가
정말 많이서 이게임을 하게 되었다.
이게임은 나 반에 버서 로 만드는 게임인 데 어떻게 하나 문제는 해결과용
나 버 있는 느낌이 좋 인, 돼서가 성장할 때 마 아 래게임이 좋다
그리고 공간 칸에 자인 만드는데 는 시간이 빨리 가 간다,
이 게임은 좋고 재미인 느 게임에 가서 좋다.
게임에 성장을 모으가 되민 엄청가득 로가 데 나 를 주고
단계들 모드가 서로 좋들 특대 가 있고 뭐리 앉 진과 차이이 나 당 하고
걸가 소방, 구품들에 저 임이 좋더 드려 가가 자시내이 모인 좋댔고
나 고는 좋들다 뉘시 니전기이 이 월 인 좋게되다 교용
또 돼지가 도미가 났 때 깡이 힘들 때 그 깡대 꼬 되는 게 고틍게 끔이다.
고틍제 쯤 되면 쓰레기 시민료, 병, 고객 부족, 인력 부족, 기다 등이 있다.

　　　　쓰레기 처리를 잘 〈처리〉 해면 시민들이 늘나 서 돼서로 나가 버린다,
시민들주 은 저에 앉 던 데 앉 빠반가 빛이 되니 인고 서 만든 의사가 들어가 간다
병원 지을 곤 해가면 빠반가 보로 변한다 아 배빈 록 구 빚친다,
고객 부족 / 인력 부족은 수업이 나 산업이 일분이 밀 데
그리면 상가나 김이 가져나 교장변 바리고 만샤 나가간다
시민들이 나가면 인거 가 경이 타 틀에 인거 가 줄어를 면 버려도 되민
세금을 거어 거곤 세금 거 되 시민 재정이 야 코나 되다 파산 하게 된다.

　　　니트로스까 또 게임내 기인 김빈 이 있는데 그 정에는
여던 들은 크기적 두 위거면 1V 비 더, 등틀에 니거 비 거 인, 의급 틀이나
드이 있다. 여던 ∏ 고 적 본은 돼 에 당가 사 코 이 많이 니 서 둘 구 여이
부기 없 배이 버드는 광장가 너 이기가 퉁 이고, 등틀 에 끼가 밭 기간단
전가 로 1000 ∨∨나 나 1생 가 한다, 외 단에는 1000 명 세 올가 는 나 을
= 나든다,

[2022.12.21.수요일]

3차시

3차시
2022. 12. 28. 수요일.
마크를 소개합니다.

탐라도서관 유아열람실에서.
다이제 스티브 초코 과자를 먹고. - 문헌정보실 2실.
책이 많은 구석.

마크를 소개합니다. 제가 두 번째로 좋아하는 게임은
마인크래프트입니다. 마크를 좋아하는 이유는 내가
원하는 대로 건물을 직접 지을 수도 있다. 그리고 엄
청 자유도가 높다.

나는 마크를 유튜브를 통해 알게 되었는데 처음에는
엄청 어려웠지만, 나중 되니 게임이 엄청 쉬워졌다.
마크에 장점은 모드가 많고, 자유도가 엄청 높다.이고
단점은 모드끼리 충돌하는 경우가 있고 게임 가격이
비싸다. 그리고 나는 지금 마크를 할 수 없는데 마크

계정이 로그아웃되었기 때문이다. 마크를 다시 할려면 마크를 다시 사는 수 밖에 없다.

그리고 모드를 깔려면 포지를 깔아야 되는데 포지를 할려면 실행명령어를 입력 해야 된다.
또 가끔씩 포지와 충돌하는 모드가 있는데 그러면 옵티파인으로 다운 그라운드 해야 된다. 전에 소개한 시티즈와의 차이점은 건물 내에 인테리어도 할 수 있고 친놀 또 시티즈는 셧다운제에 걸리지 않는데 마크는 셧다운제에 제한됐다.

4차시

4차시

2023. 1. 7. 토요일.

레고 테크닉 8062

오늘은 레고 테크닉 8062를 보았다.

검은색 상자 노란 뚜껑 위에 종이가 있다.

종이 안쪽에는 얼룩져 있고 전체적인 상태가 매우 더러워 보인다. 또 종이가 꾸겨져 있고 색도 바랬다.

레고 테크닉 8062는 9세부터 12세까지 사용하기가 가장 적절한 것으로 보이고 제조국은 스위스, 제조일은 1994년 9월 15일 이고 제품명은 교육용 조립 완구이다. 약 29년 된 레고여서 나보다 나이가 많다.

외관상 실외에 보관이 되었던 것 같고 상자에 모양이 EV-3와 비슷하다. 또 표지에는 완성했을 때의 모습과 상자를 열었을 때의 모습이 나타나 있다.

내 부

손잡이를 잡고 뚜껑을 열었더니 제일 먼저 조립설명서를 보았다. 조립설명서 밑에는 기어들과 다양한 축들이 보였다. 또 내부는 생각보다 깨끗했다. 내가 처음 본 것은 1단이었고 1단 밑에 있는 2단에는 바퀴 8개와 큰 축 그리고 리프트 암이 있었다.

총 평

이 제품을 처음 봤을 때 가격이 궁금했다. 또 20년만 더 있으면 진짜 유물이 될 것 같았다. 또 자가 들어 있어 신기했다.

선생님이 이 제품의 진가를 알아본 나를 칭찬했다. 나는 기분이 좋았다. 선생님이 나에게 레고 계의 서울대생이라고 칭찬했다. 나는 서울대는 아니고 연세대 정도라고 했다. 또 비닐장갑을 꼈을 때는 과학수사대 같았다. 기분이 좋았다.

5차시

5차시

2023. 1. 14. 토요일.

다이아몬드 게임

오늘은 다이아몬드 게임을 했다.

겉모습은 피자 한 판 정도 크기에 높이가 5센티미터 정도 되고 흰색 바탕에 12각형에 빨강, 초록, 노랑에 삼각형들이 있고 가운데에는 흰색 육각형이 있다.

뒤쪽에는 빨강, 노랑, 흰색으로 이루어진 십자가 모양에 판이 있었다.

또 구멍이 있어 안쪽에 빈공 간이 있을 것 같다.

안쪽에는 펜싱 칼 같은 모양에 핀이 있었다.

게임 룰

다이아몬드 게임에 룰은 모든 핀을 한 칸씩만 갈 수

있는데 앞에 다른 핀이 있으면 건너뛸 수 있다. 게임 시작 전에는 가위 바보를 2번 하는데 한번은 핀 색깔을 정하는 거고 다른 하나는 순서를 정하는 것이다. 핀은 선생님은 빨간색, 나는 노란색이었다.

나는 다이아몬드 게임을 4학년 때 교실에서 처음 했던 것 빼고는 단 한 번도 해 보지 않아서 내가 잘못했다. 그래서 선생님이 많이 알려 주었다

게임의 결과와 생각
선생님이 내가 들어가기 직전에 선생님이 들어가 선생님이 이겼다. 게임이 재미있고 스릴 있어서 좋았다. 다음에 또 했으면 좋겠다.

쌤의 한마디

관찰하기를 마치고 20분간 파워라이팅을 했습니다. 3차시까지는 글감에 대해 이야기를 나누고 난 후 관찰한 것을 토대로 나누었던 말들을 상기하며 중간중간 리드를 했습니다. 4차시부터는 유안이 혼자 시작부터 마무리까지 썼습니다.

빨리 쓰고 게임을 하려는 마음이었겠지만 어쨌든 스스로 글 한 편을 써서 완성했다는 것은 매우 고무적인 일입니다.

피 터지게 스릴 넘치는, 유안이 머리 굴리는 소리가 요란하게 들리는 다이아몬드 게임.
보드게임 중에 제가 제일 자신 있는 다이아몬드 게임을 유안이에게 소개해 주었습니다.

유안이랑 두 번 게임을 했습니다. 처음에는 게임 룰을 가르쳐주면서 모방학습을 했고 두 번째 게임은 기본기를 가르쳐주지 않고 나름 전투적으로 했습니다.

건너뛰는 방법을 배우자 첫 판에서 소심하게 한 칸씩 건너 뛰더니 두 번째 게임에서는 네 번씩 건너뛰기도 했답니다. 시각을 다각화하고 사고력을 확장 시키는 게임입니다.

솔직하게 말하면 매번 처음엔 제가 이기지만 삼세판을 넘어서면 아이들이 더 잘합니다. 곧 유안이도 저의 실력을 넘어 저를 쩔쩔매게 할 날이 곧 올 겁니다. 후덜덜덜....

다이아몬드 게임   4교시
2023. 1. 14. 토

오늘은 다이아몬드게임을 했다.
게임말은 피자 플판같은거기이어 놀이에서 누 대가정을 타고
핸식 바 타일이 12까[...]에 빠진 간, 좋다, 부성이 사각을 뒤어있고
가도대나는 한색을 골드레이다.
덕자목이는 변감, 놀이목이 4두옥이즉여기이 낮시 나[...]옥이 그려있어,
이 구데이에 1안작에 1단감이 있어했어.
안쪽에는 펜 정 같은 모양에 핀이 있었다.

게임[...] 7.28.

다이아 몬드게임에 죽은모든 핀은 한칸식만같을수있는데
앞에 다른 핀이있으면 건드[...] 수 있다.
게임[...] 전에는 가이 바뀔는 효본이 하는데 한번은 핀식가득지는
자건 다도가나는 삼서론정하는것이다. 핀은 신새님도 바도정보, 나는 도에
있었다. 나는 도이 이었는지에임도 4하시니데 관[...]거지 죽[...]있[...]
는 도 있었다. 나가지, ㅏ[...]. 그래서 선새님이 많이학 12[...]

게임[...]과바 생[...]

신새님이 내가 들어가기 직전에 선생님이들어가 선생님이
이겼다. 게임이제미있고스레인시강있다. 다임 한[...]도 이[...]면
강겠다.

[2023.1.14.토요일]

6차시

6차시

2023. 1. 18. 수요일

다이아몬드 체스 게임

두 번째 게임 다이아몬드 체스

두 번째 게임은 다이아몬드 체스이다.

이 게임엔 가운데에는 왕이 있고 그 주위에는 졸병이 있다. 왕이 먼저 죽거나 졸병이 다 죽으면 게임에서 진다.

졸병을 죽이는 방법은 상대를 뛰어넘으면 그 말은 뺏기고 가로세로 한 칸씩 이동이 가능하다.

머리를 쓰는 면에서 재미있다.

7차시

7차시

2023. 1. 25. 수요일
마크에서 도시 만들기 1 일차

어느 날 마크가 안 되더니 마인크래프트 계정이 없어졌다. 그러나 한 달 만에 내 세뱃돈으로 마크를 다시 샀다.
그 다음에 포지도 깔고 다행히도 마크 파일들을 저장해 놔서 오랜만에 내 연구소 서버에 들어갔다. 서버 투어를 마치고 새로운 서버를 만들었다.

첫 번째로 만든 건물은 아파트이다. 아파트는 월드에딧이라는 모드로 간편하게 만들었다. 두 번째 아파트는 매우 고급스러운 아파트이다. 고급사양은 주차장이 있고 콘크리트로 만들었다. 층고가 5미터나 됐다. 외벽과 내부가 마감이 잘 되어있다.

단점은 10층까지 엘리베이터가 없고 계단에 난간이 없다. 화장실이 없다. 또 복도 폭이 1미터이다. 이 건물을 지어보고 든 생각은 빨리 가구 모드를 깔아야겠다.

8차시

8차시
2023. 2. 1. 수요일
레고 트랙터 만들기

오늘은 레고로 트랙터를 만들었다.

오늘은 레고 테크닉으로 움직이는 트렉터를 만들었다. 트렉터로 만들기 전에는 몬스터 트럭이었는데 심심해서 분해하고 트랙터로 다시 만들었다. 트렉터에서는 엔진룸도 열리고 핸들도 돌아간다. 그리고 외관이 이쁘다. 그리고 이 트렉터를 만들고 바로 잘 것이다. 오늘은 좋은 하루였다.

구조가 심플하고 내구성이 좋다. 내구도란 강도를 말한다. 강도가 강한지를 테스트를 해 보았다. 트렉터를 책상에서 바닥으로 떨어뜨려 보기도 하고 또 벽에 밀어서 박아보기도 하고 굴려보기도 하였다. 앞 범퍼 빼고 파손된 부품이 거의 없었다.

충돌 테스트를 더 하고 싶다. 더하고 싶은 테스트는 높은 곳에서 낙하시키기, 물 부어서 얼린 다음 충돌 테스트, 비슷한 크기의 차를 만들어 서로 충돌시키기, 캐릭터를 앉혀서 어디까지 튕겨 나가는지, 충돌 테스트는 나가다 무거운 것을 위에서 떨어뜨려 얼마나 버티는지 실험해 보기, 전면 사이드 충돌시키기 등이 있다.

1/25 숙제 일기쓰기 1개 ·7교시.

엔듀 게그로 트럭터링 한다.

엔듀 그그 테크닉을 움직이나 트럭터를 만든다.
트럭터가 안 움직이건데도 모든 트들이이 있는 기분이다 에
트럭 터를 만드는데 에
트럭터에서는 안전하고 열리기 위해 문을 만든다.
그리고 외관이 이쁘다. 그리고 이쁜 트럭이

교시가 삼교그 는 기분이 좋다.
내구도란 점검 받는다.

감독가 강판 지랭을 내소로

[2023.2.1.수요일]

9차시

9차시

2023. 2. 25. 토요일

나는 한전에 취업하고 싶다.

나는 한전에 취업하고 싶다.

왜냐하면 전기가 재미있고 전기가 신기하고 회로가 신기하다. 모터가 작동하는 게 재미있다. 모터가 들어가는 것은 자동차, 전기자동차, 전기자전거, 전동킥보드, 에어컨, 선풍기, 드라이기, 전자레인지, 에어프라이기, 정수기 등이 있다.

궁금한 점은 에어 프라이기에 모터가 들어 있는가 궁금해서 초록 창에 검색을 해 보았다. 그리고 에어 프라이기에서는 모터가 있다는 걸 알게 되었다. 또 에어프라이기에서 모터는 열풍을 강제로 순환시키기 위해서 모터가 있다는 걸 알게 되었다. 모터와 전기는 일정한 관계가 있다. 전기가 있어야 모터가 돌아가고 모터가 있어야 전기가 돌아간다.

한전에 취업 하려면 전기, 건축, 토목, 소방, 간호학
과를 나와야 한다. 나는 전기공학과나 건축학과에 가
고 싶다. 둘 중에는 전기 공학과를 가고 싶다. 나는
고향을 생각하기 때문에 육지에 있는 대학에 가겠다.

2/25 토요일

나는 기건에 회 내다고 싶다. 왜냐 하면
전기가 개미있고 전기가 니가 도면 회로가 신기다.
모터가 제 목하논게 재미있다.
모터가 들어 가는 지인가습차, 전기 자동차, 전기 자전 거, 건조기로봇
에너컨, 선풍기 트래기 전가레인지, 헤어 드라기, 청소기, 등이있다.
금금 궁금은 에어 드래기에 모터가 들어 있는게 궁금해서
초 록창에 검색을 해보았다. 그럼 에어 드라이기에 서는
모터가 있다는 걸 알게 되 었다.
또 에어 드라이기 에서 모터는 열풍을 강제로 순환 시키 위에서
모터가있다는 것 알게 되었다.
모터와 전기는 밀접한 관계가 있다.
전기가 있어 야 모터가 돌아 가고 모터가 있어 야 전기 가 느껴 진다.
한전에가 또 전기와 회로와 반건게 근 마계우 있어진을다.
한전 에 취업한데 면 전기, 전류, 유목, 소방, 간을 등과는 나와 야 한다.
나는 전기공학와 나, 건축 함게 간다 있다.
문화에는 전기공학과 들 가 고 싶 다.
나은고 할꺼 생각하거기대박에 워져 예있냐고 다 빨게 가겠다.

[2023.2.25.토요일]

10차시

10차시
2023. 3. 4. 토요일
신재생 에너지

미래에 떠 오르는 신재생 에너지에 대해 이야기 하겠다. 신재생 에너지는 신에너지와 재생에너지의 합성어이다. 신에너지에는 수소, 액화 석탄이 있고 재생에너지에는 태양열, 풍력, 조력, 수력, 바이오 등이 있다.

1. 태양열
태양열 발전시스템 및 전력변환장치를 구성하여 태양광을 직접 전기에너지로 변환시키는 기술
2. 수력
개천이나 강 호수에서 발생하는 물의 흐름으로 얻은 운동에너지로 터빈을 통해 전기에너지로 변환하는 발

전

3. 풍력

바람을 이용하여 날개를 회전 연결되어있는 발전기를 통해 전기를 얻는 방법

4. 조력

조수간만에 일어나는 상승 하강 운동을 통해 물의 흐름으로 터번을 돌리고 전지를 만든다.

5. 지열

지하수에서부터 수 킬로미터 깊이에 존재하는 열을 이용하여 물을 끓이고 수증기로 터빈을 돌린다.

6. 수소연료전지

수소를 산화시켜서 생기는 화학에너지를 전기에너지로 변환시키는 기술

7. 액화 석탄

석탄을 고온고압에서 불완전 연소인 가스와 반응시켜 일산화탄소와 수소가 주성분인 가스를 제조하여 터빈을 구동해서 전기를 생산한다.

11차시

11차시

2023. 3. 4. 토요일
리스토 레이트 (오줌 주스)

오늘 아침에는 김치볶음밥을 먹고 영어학원에 갔다. 끝날 때쯤에 배가 아프기 시작했다. 일명 신호가 왔다. 금방 설사 똥이 바지에 지릴 것처럼 신호가 왔다.

엄마가 데려와서 맥도날드 드라이브 쓰루로 햄버거와 감튀 2개를 사서 집에 갔다. 그런데 가는 도중에 또 똥 마려운 신호가 왔다. 금방이라도 바지에 지려버릴 것 같았다. 다행히 집에 가서 똥을 싸고 코난을 보았다. 예상대로 설사 똥이 나왔다.

똥을 싸고 나니 다행히 배가 안 아팠다. 그런데 감튀 1개가 실종되어 있었다. 나는 슬펐지만 코난을 보면서 남은 감튀 1개도 실종되었다. 누구의 뱃속으로 들어갔는지 모르지만 너무 슬펐다.

햄버거를 먹고 나는 코난을 보고 있었다. 그런데 코난을 보는 중에 또 설사 똥 신호가 왔다. 나는 화장실로 냅다 뛰었다.

똥을 다 싸고 나는 빅파이를 먹고 초콜렛을 먹으니 3시 50분이 되었는데 나는 수영하기 싫어서 수영은 안 갔다.

논술학원에 오고 배가 아파서 선생님께 말했는데 선생님은 체한 것 같다면서 나에게 오줌 색깔의 주스를 주셨다. 오줌주스의 색깔은 내가 아침에 싼 오줌과 똑같은 색이었다. 맛은 레몬주스 1방울과 비타민 그리고 물로만 이루어진 이상한 맛이었다.

버리려고 했지만 하나에 2000원 이라는 말을 듣고 엄마한테 줄려고 했다. 그런데 조금 마시고 나니 생각보다 맛있어서 2/3를 마셔버렸다. 그리고 방귀와 트림이 나오니 배가 나아졌다.

역시 오줌 주스가 효과 있었다.

리스트레이트
(노음짝)

오늘 아침에는 김치 비노밥을 먹고 엄마 두원에 있다. 끝난 대점심이
배가 아프기가 했다. 인형신들과 우있다. 뮤 뺑선나 얿이 바니에거리밀전
지경 신근과 오없어. 엄마가 데려와서 맥윤낳는 드라이브 국육로
힘버지로 땅~ 감퉁 2게도 나서 집에 갔다. 그런데 가능도움~에 역신들가
았다. 금방이나도 바래어지러 버렸편 같았다. 아행이 길어 가서 동마거운
동마사고 고난욱 보았어. 예상낭내 선생 얿이 나섰않았다.
똑욱 차고 단이 아행히 배가 않아팠다 그런데 감위1가가 설경되어
있었다. 나는 둘면거만 코난욱 보면서 밥을 감위거리욱 설질이었다.
늦구에 백근를 둘어가었는지 듣드기만 너무를 평나 해빠지로 멀거
나는 코난욱 보고였었다 그런데 코나욱 봉닙 줄 믿써만 식나 땅인둥고
얂앗. 나는 둘카장싶고 냄사 덕이었다. 옳아 싸긴 나는 백파예긴
중 고리본 박에 꽤 슣밥비 되었났어 나는 누안게가 싶어서 나는
누엉었었 가나. 낡호팠었네 있고 나는 배 가아파서 선생님께 말했는 데
선생 밥은 호내룬건 거나 믿어서 나에 기 모욱주자고 갔잇다
모듬참에 저북간는 내가 아침에나는 오짜과 똑 같은 색이어섰나
많은 레모꼭 1방눈과 비와밀 그리고 투크면 이야 어긴 이상도 많어 얿다.
비리겠고 편기바도 둘어야 2000원이가는 마분 낳고 엄마한때 경리고 했어-
그런데 호금마시았나니 쨍갛앙뱌나 맛있나 이셔 죽일 마셔 버겠나.
그리고 밥지 와 트레옹나방비 배가 나아 겊나. 여 채오룸쭈스 가 흐과가
있었다.

12차시

12차시

2023. 3. 11. 토요일
레고 디스커버리호 1

레고 디스커버리 우주왕복선을 샀는데 오늘 도착했다.

왜냐면 유레고 RC 개조하는 채널을 봤는데 거기에서 디스커버리호가 레고로 만든 것을 보고 샀다. 그리고 내 돈 내 산 내 통장에 1/3에 해당하는 25만원에 샀다. 그리고 은행에서 25만원을 직접 뽑았는데 5만원 짜리가 5섯 장 일 줄 알았는데 1 만원 짜리 25장 이였다.

디스커버리호는 인류역사상 가장 많이 우주로 간 우주왕복선이다. 또 디스커버리호는 허블우주망원경을 우주로 쏘아 올렸다. 그래서 구매했다. 사실 디스커버리호는 형도 가지고 있었는데 형이 나랑 레고 바꾸자고 했는데 내가 거절했다. 물론 상자 값 2만원을 받고 나는 거절했다.

레고를 받는 순간 기사님이 고생했을 거라는 걸 짐작했다. 부피가 크기 때문에 힘들 것 같다고 생각했다.

그리고 우주선의 무게가 약 3.7킬로그램이라고 했다. 너무 묵직했다. 그리고 내일 언박싱을 하고 오늘 오픈된다면 밤을 새워서 할 것이다 .

내일 하는 이유는 나는 한 번 하면 끝까지 해야 되서 (좋아하는 것만) 만약 오늘 오픈한다면 핫식스와 커피를 마시면서 밤을 새워서 만들 것 같다.

그럼 나 리듬 깨지는 데 어떡하지? 내 선택은 내일은 안전하게 언박싱 할거다. 기대가 된다.

2023 3 11

레고 디스커버리

[2023.3.11.토요일]

13차시

13차시

2023. 3. 18. 토요일
레고 디스커버리호 2

지난주 일요일에 디스커버리 우주왕복선을 만들었다.
상자 안에는 17개의 레고 부품 봉지가 들어 있었다.

1-3번까지의 봉지에서는 허블우주망원경을 만들었는
데 레고 역사상 가장 많은 은색 부품이 들어있다고
한다.
4-7 번까지는 동체(골격)을 만들었는데 랜딩 기어가
고정될 수 있도록 스프링 블록을 쓴 게 신기했다.
8-17번까지는 외장인데 가장 힘들었다. 외장에는 앞
부분, 꼬리, 날개, 로켓엔진을 만들었다.

다 만들고 나니까 약 9시간 정도 지나 있었다. 유튜
브를 보면서 만들었는데 생각보다 빨리 만들었다. 외

장을 만들 때 레고가 많아서 더 힘들었다. 전시는 책
장위에 했는데 볼 때마다 빨리 가지고 놀고 싶다는
생각이 든다. 바로 가지고 놀고 싶은데 박살 나면 수
습이 안 되서 못 가지고 놀고 있다. 그래서 일주일
동안만 더 전시를 할 생각이다. 다 만들었을 때 너무
기분이 좋았다. 그리고 너무 성취감이 느껴졌다.

디스커버리호 조립기. 실험(만이 ...

저는 각 인들인에 도스커버리 부엌용북(건을)가 들었다.
상자 안에는 1기계에 레고 부품 봉지가들이 있었다.
그리고 까기에 봉이에게는 더블 우주 망원경을 만들었는데
레고 우주망원경많은 운색 부품이들어있다고한다.
4~7번 까지는 동체(몸체)완만들었는데 레인지 미가 그림덕지인듯
느끼림을 부분2개나기였다.
8~19번 까지는 외강인데 가장 힘들었다. 외강에는 학력본, 꼬리날개.
모갱 앤지을 만들었다.
다만 틈과 는 약 4개도 정도가 거나어있었다. 유트 뷰 로봇전시
만들었는아 내내 비어서이 .미. 만들었다.
외강은 만들때 의견과 연제시, 더힘들었다.
전반 잠깐비에 해본아 본때마나. 비반기 가기있고 그림마라는
병 길이인다.
바로까지고 보곤 닛트에 방법만면 닛들이 안판서 무거리2율길이다.
그래서 인들일 몸만을 되 긴니 쯤 버겁에이.
나마는 몸인을 때 에는 너머기운이 쫓울다. 그인 너마 성기감이 느끼게었다.

14차시

14차시

2023. 4. 1. 토요일
내가 좋아하는 겨울

내가 제일 좋아하는 계절은 겨울이다. 겨울에는 눈이 오고 시원하기 때문에 좋아한다. 눈이 오면 눈썰매도 타고 눈사람도 만든다. 눈썰매를 타면 스릴감도 있고 뒤집혔을 때 눈에서 구르는 기분이 좋다. 눈싸움도 할 수 있는데 눈을 던지고 친구한테 맞히는 게 재밌다. 눈사람도 만드는데 눈사람을 만들었을 때 기분이 좋다. 눈 위에서 RC카를 조종하면 눈이 튀면서 멋지게 드리프트 한다.

나는 2023년 설날 연휴 끝날 때쯤 제주도에 갑자기 눈이 아주 많이 내렸다. 그래서 제주공항이 문을 닫았다. 다음날 아빠랑 나는 잡초 키우는 곳에서 눈썰매 타기전에 형아 둘이서 1100고지를 갔는데 아주 큰 고드름(한 70센티미터)을 보았다. 거기서 다이소에서 산 아이젠을 잃어버렸다. 본론으로 돌아가서 눈썰매를 타는데 계속 굴렀다.

내가 무게중심을 잘 안 잡은 것도 있고 발 브레이크를 잘 못 잡아서 때구르 굴렀다. 그런데 팥빙수 같은 눈이 있어서 안 아팠다. 그리고 털장갑을 끼고 있었는데 N극과 S극처럼 서로 엄청 붙어 있었다. 그리고 갈 때 차 바퀴가 눈에 파묻혀서 앞으로 나가질 못했다. 그래서 내가 뒤에서 밀었더니 차가 앞으로 나갔다. 참 다행이라고 생각했다.

15차시

15차시

2023. 4. 15. 토요일

스파게티

오늘은 스파게티를 먹었다.

엄마가 점심에 나가서 내가 파스타를 직접 해 먹었다. 엄마가 집에서 하는 것을 보고 만들어서 먹었다.

라면을 먹으려고 했는데 수납장을 열어 보니 라면이 1개도 없었다. 그래서 식탁에서 굴러다니는 스파게티 면을 꺼내서 면을 삶았다. 면은 냄비에 물을 넣고 8분 정도 익히면 면을 다 삶는다. 그 다음 올리브 오일을 프라이팬에 두르고 면을 넣은 다음 스파게티 소스를 넣으면 스파게티 완성~~

스파게티는 흔한 MSG 맛이었다.

그리고 설거지는 엄마가 했다.

그래서 지금 식곤증이 몰려온다.

오늘은 스파게티를 먹었다. 2023.4.18

엄마가 정밤에 나가서 내가 파스타를 직접 해먹었다.
엄마가 정해서 만든 것을 보고 만들어서 먹었다.
라면을 먹을까 그랬는데 냉장고에 있는 라면이 1개밖에
없었다. 그래서 식탁에 세워져 있던 스파게티면을
꺼내서 면을 삶았다.
면을 냄비에 물을 넣고 8분 정도 익히면 면은 다 익는다.
그다음에 올리브오일을 프라이팬에 두르고
면을 넣은 다음 스파게티 소스를 넣으면 스파게티 완성
그리고 스파게티를 후루룩 먹으니 맛있었다.
그리고 설거지는 엄마가 했다.
그래서 지금 생각하면 고맙다

[2023.4.18.토요일]

16차시

16차시

2023. 4. 29. 토요일
드라마 시지프스 1

하나의 세계 두 개의 미래
드라마 시지프스에 대한 키워드 정리

등장인물
과거-서길복, 박사장, 에르메스김,
현재1-한태술1, 강서해1, 시그마1(전쟁전), 서길복1
현재2- 한태술2, 강서해2, 시그마2(전쟁전), 서길복2
미래-시그마, 강서해, 미래의 여봉선(한태술 경호원)

5:15~6:15까지 칠판에 순서도를 그리며 스놉시스 브리핑 후 1화부터 16화까지 차근차근 스토리를 전개해 발표형식으로 진행하였다. 청중의 이해를 돕기 위해 시제마다 등장하는 인물을 하나하나 소개하고 시

간적 배경과 공간적 배경을 상세히 설명한 후 사건을 전개하였다.

칭찬할 점은 복잡한 구성의 스토리를 원고 없이 머릿속 기억을 꺼내어 발표를 한다는 것은 성인이 하기도 쉽지 않은 일인데 유안이가 한 시간 동안 쉬지 않고 집중하여 내용을 설명하는 것을 보고 대단한 브레인 이라고 느꼈다.

글의 갈래- 시나리오(드라마 상영을 위한)

글의 장르- 판타지 미스터리 액션 SF

글의 구성- 역순행적 구성(시간의 흐름대로 사건을 진행하지 않고 현재에서 미래로, 미래에서 현재 또는 이야기를 이끌어 가는 주인공인
주동인물(한태솔, 강서해)과 주인공을 방해하는
반동인물(과거의 시그마-서길복, 단속국 사람들, 총잡이 정형기)여기서 시그마는 주동인물인지 조력자인지 잘 모르겠다. 왜냐하면 시그마가 없었더라면 업로더를 타지 못했을 것이기 때문이다.
조력자 (주동인물이 위기에 처했을 때 도와주는 사람-미래의 시그마, 여봉선:업로더를 탈 수있게 위치를 알려줌.

강동기 : 강서해의 아버지로 강서해가 생존할 수 있게 처음부터 끝까지 도와줌.

17차시

17차시

2023. 5. 20. 토요일

드라마 시지프스 2

시지프스에서 가장 기억에 남는 장치는 업로더다. 왜냐하면 업로더가 모든 사건에 중심이기 때문이다. 애초에 업로더가 없었으면 시그마는 과거로 오지 못했고 핵전쟁이 일어나지도 않았으며 단속국도 없었을 것이다. 한태솔이 물체의 과거상태를 되돌리는 업로더의 시초를 만들지 않았으면 업로더가 전쟁을 일으키지 않았을 것이다.

메인 악역

-시그마가 악인이 된 이유는 아픈 과거가 있다. 초등학생 때 가정에서 학대를 당했고 그림을 그리면서 살았는데 생활고에 시달리다가 자기 화실에서 죽으려고 하는데 반지하에서 문과 창문을 비닐로 막아놓고 죽으려고 했다. 그때 핵전쟁이 일어났다. 문과 창문을

비닐로 막은 덕에 낙재를 피해 살아남을 수 있던 것이다.

선발대 1호로 업로더 타고 과거로 가서 주식복권 경마 등의 요소로 부자가 된다. 핵전쟁이 터진 지 얼마 안 되어 한 달 만에 20년 전으로 돌아갔다. 911테러가 발생하기 전 2000년으로 넘어간다.

- 한태솔
- 어릴 때 부모님이 사고로 동시에 돌아가시고 형이 그 일로 대학 진학을 포기하고 자동차 고치는 일을 하다가 17살에 조기입학으로 카이스트에 들어간다. 거기서 애디 김을 만나고 경기도 파주 허름한 컨테이너에 컨텀 앤 타임을 세운다. 업로더의 기초장치와 금고(사람들이 애타게 찾던)의 열쇠가 수트케이스에 들어있었다. 하지만 컨텀 앤 타임 컨테이너에 가보니 금고는 없었다.

- 강서해
- 강서해가 온 이유는 한태솔을 살려 핵전쟁을 막기 위해서이다. 왜냐하면 강서해 부모님이 강서해 1이랑 만났다. 자신이 살았던 벙커의 위치와 전쟁 날짜를 알려주면서 그때 대피하라고 했다. 하지만 문이 고장 나서 결국 강서해 엄마가 문을 닫고 핵폭

발은 일어나게 되었다. 업로더를 타고 과거로 가서 한태솔을 만나기 전까지 써니라는 사람 집에서 생활하게 된다.

SF 판타지 장르로 과거와 현재 미래를 넘나드는 시간의 관념이 사라지는 소재가 신선해서 재미있었다. 한 인물이 과거에서의 인물과 현재, 미래에서의 인물로 분리되어 다른 역할을 수행해 드라마에 빠져들게 한다. 내가 시지프스에 등장한다면 지나가는 행인1의 역할로 핵전쟁 나면 그냥 묻힐 것이다. 용산구나 광화문에 있으면 그냥 폭발과 동시에 승화하기 때문에 맘 편히 하늘나라로 갈 것이다.

만약, 핵전쟁이 난다면 핵폭발 중심부에서 승화하거나 건물에 깔려서 죽거나 지하실에서 굶어 죽거나 한다. 개인 벙커가 있지 않은 이상 스위스는 반공호도 대개 크게 지어서 공용으로 쓴다고 하는데 우리나라는 기

핵폭발 잔해에 깔려 죽거나 방사능에 피폭되어 죽거나 열복사로 인한 3도 화상으로 죽거나 지하철 선로에 들어가서 겨우 살았지만 아사해서 죽거나.

제주도에는 임시대피할 수 있는 지하 주차장, 지하상

가, 시골 배수로에 엎드려 있으면 살 수는 있다. 지하에만 있으면 살 수는 있다. 그 이후 생존은 보장 못한다. 철근콘크리트 화장실에서 엎드려 있으면 살 순있다. 창문 있는 데는 안된다.

무조건 화장실이어야 하는 이유는 창문이 있어도 핵물질이 들어오는 면적이 작아 피해를 줄일수 있다.

실내에서는 눈과 귀를 막고 플랭크 자세를 유지해야한다. 그 이유는 배가 땅에 닿으면 장기가 파열될 수있기 때문에 눈과 귀를 막고 큰소리로 아~~라고 하면서 5분을 버틴다. 2주 동안 어떻게든 버텨야 한다.

시지프스 드라마를 통해서 핵폭발 생존법 강의까지어쩌다 넘어왔다. 아무튼 오늘의 글쓰기는 여기서 마치기로 한다.
시지프스를 보고 나서 핵전쟁, 핵폭발에 대해 다시한번 진지하게 고민해 본 기회를 가졌다.

쌤 한마디
핵전쟁과 핵폭발, 핵융합, 핵분열, 각종 무기까지 전유안 속사포 강의 따라가려니까 힘들어.
다음 기회에.

18차시

18차시

2023. 5. 20. 토요일
핵에너지의 빛과 그림자(양면성)

내가 이 주제를 생각했던 이유는 저번 주부터 생각했기 때문이다. 만약 북한이 서울 용산구에 150톤 정도의 핵무기를 500미터 높이에서 떨어뜨리면 서울이란 도시가 사라진다.

서울 인근에 있는 사람, 동식물은 버섯구름과 함께 분자 단위로 없어진다. 2~5킬로미터에 있는 건물들은 완파되며 2도 이상의 화상을 입게 된다. 5~10킬로미터부터는 건물이 반파되며 2도 이하에 화상을 입게 된다. 낙진은 편서풍에 따라 서~동으로 이동하게 된다.

< 핵 의 장점 >

1. 적은 비용으로 많은 열에너지를 얻을 수 있다. 많은 양의 냉각수를 필요로 하기 때문에 강이나 바다 근처에 원자력발전소가 있다.

2. 빠르고 확실하게 적을 제압할 수 있다. 하지만 이것도 제약이 있는데 상대 국가가 핵무기를 보유하고 있으면 상호확증 파괴론에 따라 핵무기를 못 쏘게 된다.

< 핵 의 단점 >

1. 사고가 나면 수습이 불가능하다. 왜냐하면 원자로 안에 핵물질이 과잉 반응하면 열에너지 때문에 많은 양의 냉각수가 증기로 바뀌면 압력으로 원자로가 폭발하게 된다. 그러면 원자로 내부 핵물질을 제어할 수 없게 되는데 그러면 많은 양의 방사능이 유출되게 된다. 특히 원자로 핵물질은 고농도 방사능에 속하기 때문에 매우 위험하다. 그리고 멜트다운이 되면 돌이킬 수 없는 상황이 된다.

< 결 론 >

핵에너지는 양날의 검이다. 원자력 사고가
더 이상 없었으면 좋겠다.

19차시

19차시

2023. 6. 24. 토요일

재난 가방

유안 : 핵 에너지에 대하여 이야기를 나누다 보니 핵전쟁이나 전쟁이 일어날 수도 있고 백두산이 폭발하거나 지진이 일어날 때를 대비하여 재난가방을 준비하는 것이 좋겠네요.

쌤 : 유안아, 재난가방을 준비해야 된다는 생각은 어떻게 하게 되었어? 평소 게임을 많이 하나?

유안 : 내가 게임을 많이 하는 것 같아요?

쌤 : 게임을 많이 하는 걸까? 유튜브를 많이 보는 걸까? 영화를 많이 보는 걸까?

유안 : 처음에 판도라라는 영화를 보고 원자력에 대해 관심을 갖게 되었어요. 상상을 많이 하다 보니 검색을 많이 하게 되고 어쩌다

보니 원자력에 대해서만 팠네요. 그래서 원자력에 대해 빠삭합니다. "파도 한 우물만 판다."

오늘은 혹시 모를 전쟁과 재난에 대비해 재난 가방을 싸는 게 유행은 아니지만 그래도 알려드리겠습니다. 저도 요즘 호신용품의 필요성을 느껴가지고 재난 가방을 싸려고 합니다.

재난이란, 지진, 홍수, 태풍, 전쟁, 백두산폭발 등 최근 우리나라에서도 자주 발생한다. 기본 준비물 큰 백 팩, 다이제 스티브 부피가 작고 칼로리가 높기 때문에 탄수화물 덩어리여서 포만감이 높다.

스팸은 단백질 덩어리에다가 당도 별로 없어서 비추천이다. 스팸에 설탕 뿌려 먹을 거 아니잖아요. 설탕은 벌레들이 좋아하는 음식이기 때문에 벌레들이 많이 꼬인다. 스팸은 짜서 물을 많이 소비시킨다. 먹을 거면 사카린을 먹어라(이건 좀 아닌 것 같은데...)

경찰서 가면 있는 엽총, 리볼버 권총, 삼단봉. (선생님 생각을 해봐요. 눈에는 눈 이에

는 이)생각해 보니 무기고 열쇠가 없네?ㅋㅋ
ㅋㅋ

초콜렛, 엠앤엠. 의료 키트, 손전등, 성냥,
라이터, 우비, 방진마스크가 있습니다.

하지만 이것들로는 2%가 부족하기 때문에
누구나 가지고 있는?? M4a1, 방탄복, 책으
로 방탄복을 만들어서 으잉? 책? 책이 두껍
잖아요. 방탄복 역할을 할 수도 있어요. 종이
분자 사이사이가 밀도가 높아서 못 뚫는다.
방독면을 챙겨야 합니다. 방독면, 필터가 달
린 물통, M16, K1, K2, 수류탄, 방탄복, 방
독면
쌤 : 물이 없네???
유안 : 물통이 있잖아요.
쌤 : 물통만 있으면 뭐해? 물이 있어야지
유안 : 물은 찾으면 되지만 물통이 없으면
더러운 물을 그냥 마셔야 되잖아요.
어느 정도 팩트에 기반한 멍멍소리
본 글은 1%의 팩트와 99%의 멍멍소리로 이
루어졌습니다.

20차시

2023. 7. 8. 토요일
좀비 사태

좀비 사태 때 대피할 장소로 가장 안전한 장소로는 식량이 많고 셔터가 있는 편의점, 대형마트 보다는 편의점이 사람이 적게 몰린다. 시골에 있는 단독 주택, 시골에는 땅이 넓으니까 인구밀도가 낮고 식량을 자급자족할 수 있다. 군 부대 보다는 경찰서. 왜냐하면 군부대는 넓기 때문에 대피하기가 어렵다. 그리고 기준은 방어하고 대피 시간이 짧은 것 순으로 정했다.

대도시 인구가 밀집되어있는 곳을 기준으로 할 때 지하철역, 공항, 백화점 및 기타 대형마트, 고층 빌딩 등이 있다.

첫째, 공항을 가면 안 되는 이유는 구조가 복잡하고 중무장한 군인 혹은 경찰들이 방어하고 있기 때문에 가지 않는 것이 좋다. 대형 마트와 백화점은 구조가 복잡하고 시야가 제한되고, 구조물이 많기 때문에 좀바와의 전투가 어렵다.
빌라나 지하철역은 밀폐되고 입구가 하나여

서 1층이 함락되면 다른 선로로 이동해야 되는데 만약 같은 층으로 스크린 도어가 열려 있으면 열차는 좀비들에게 함락당하기 쉽고 대피하기가 어렵다. 전기가 끊겨 암흑이 되면 아무것도 할 수 없기 때문이다.

나의 첫 글쓰기

....

....

....

....

....

....

....

....

....

....

....

....

....

....

....

....

....

....

....

....

....
....
....
....
....
....
....
....
....
....
....
....
....
....
....
....
....
....
....
....

. . . .
. . . .
. . . .
. . . .
. . . .
. . . .
. . . .
. . . .
. . . .
. . . .
. . . .
. . . .
. . . .
. . . .
. . . .
. . . .
. . . .
. . . .
. . . .

....
....
....
....
....
....
....
....
....
....
....
....
....
....
....
....
....
....
....
....
....

. . . .

. . . .

. . . .

. . . .

. . . .

. . . .

. . . .

. . . .

. . . .

. . . .

. . . .

. . . .

. . . .

. . . .

. . . .

. . . .

. . . .

. . . .

. . . .

. . . .

. . . .

....
....
....
....
....
....
....
....
....
....
....
....
....
....
....
....
....
....
....
....
....

....
....
....
....
....
....
....
....
....
....
....
....
....
....
....
....
....
....
....
....

....
....
....
....
....
....
....
....
....
....
....
....
....
....
....
....
....
....
....
....

....
....
....
....
....
....
....
....
....
....
....
....
....
....
....
....
....
....
....
....

....
....
....
....
....
....
....
....
....
....
....
....
....
....
....
....
....
....
....
....
....
....

....
....
....
....
....
....
....
....
....
....
....
....
....
....
....
....
....
....
....

....
....
....
....
....
....
....
....
....
....
....
....
....
....
....
....
....
....
....
....

· ·
· ·
· ·
· ·
· ·
· ·
· ·
· ·
· ·
· ·
· ·
· ·
· ·
· ·
· ·
· ·
· ·
· ·

....
....
....
....
....
....
....
....
....
....
....
....
....
....
....
....
....
....
....
....

....
....
....
....
....
....
....
....
....
....
....
....
....
....
....
....
....
....
....
....

....
....
....
....
....
....
....
....
....
....
....
....
....
....
....
....
....
....
....
....
....

....

....

....

....

....

....

....

....

....

....

....

....

....

....

....

....

....

....

....

....

....
....
....
....
....
....
....
....
....
....
....
....
....
....
....
....
....
....
....

....
....
....
....
....
....
....
....
....
....
....
....
....
....
....
....
....
....
....
....

....
....
....
....
....
....
....
....
....
....
....
....
....
....
....
....
....
....
....

....
....
....
....
....
....
....
....
....
....
....
....
....
....
....
....
....
....
....
....

....
....
....
....
....
....
....
....
....
....
....
....
....
....
....
....
....
....
....
....

....
....
....
....
....
....
....
....
....
....
....
....
....
....
....
....
....
....
....
....

....
....
....
....
....
....
....
....
....
....
....
....
....
....
....
....
....
....
....
....

. . . .
. . . .
. . . .
. . . .
. . . .
. . . .
. . . .
. . . .
. . . .
. . . .
. . . .
. . . .
. . . .
. . . .
. . . .
. . . .
. . . .
. . . .
. . . .
. . . .

....

....

....

....

....

....

....

....

....

....

....

....

....

....

....

....

....

....

....

....

....
....
....
....
....
....
....
....
....
....
....
....
....
....
....
....
....
....
....
....

....
....
....
....
....
....
....
....
....
....
....
....
....
....
....
....
....
....
....

....
....
....
....
....
....
....
....
....
....
....
....
....
....
....
....
....
....
....
....

....
....
....
....
....
....
....
....
....
....
....
....
....
....
....
....
....
....
....
....

....
....
....
....
....
....
....
....
....
....
....
....
....
....
....
....
....
....
....
....

....
....
....
....
....
....
....
....
....
....
....
....
....
....
....
....
....
....
....
....

....
....
....
....
....
....
....
....
....
....
....
....
....
....
....
....
....
....
....
....

....
....
....
....
....
....
....
....
....
....
....
....
....
....
....
....
....
....
....
....

. . . .
. . . .
. . . .
. . . .
. . . .
. . . .
. . . .
. . . .
. . . .
. . . .
. . . .
. . . .
. . . .
. . . .
. . . .
. . . .
. . . .
. . . .
. . . .
. . . .
. . . .
. . . .

유안이의 첫 글쓰기